Robert Feldhoff Dirk Schulz

INDIGO 7

JAGD AUF FAST MACHINE

Carlsen Comics

Ich danke meinen „Kolorierungs-Assistentinnen" Delia und Corinna, ohne deren Hilfe das Album nicht so schnell fertig geworden wäre.

Außerdem wieder vielen Dank an das gesamte Carlsen-Team, insbesondere an Antje und Jo, für die tolle Zusammenarbeit und die vielen Gute-Laune-Mails.

Weitere Infos unter www.indigo-online.de

CARLSEN COMICS
1 2 3 4 04 03 02 01

Dirk Schulz / Robert Feldhoff
Redaktion: Joachim Kaps
Lettering: Delia Wüllner-Schulz
Herstellung: Wiebke Düsedau
Druck und buchbinderische Verarbeitung:
Druckhaus Schöneweide GmbH, Berlin

ISBN 3-551-74697-4
Printed in Germany

www.carlsencomics.de

ES GIBT DINGE, VON DENEN MAN BESSER DIE FINGER LÄSST.
DU DA.
SO WIE DIE SACHE MIT FAST MACHINE.
BIST DU GOTT...?
NEIN. DU SIEHST NICHT AUS WIE ER.
DU SIEHST AUS WIE DRECK.
ICH HABE NICHT GESCHLAFEN.
ICH HABE GELITTEN.
DER ERSTE VORHOF DER HÖLLE IST NICHTS, WAS DU DIR VORSTELLEN KANNST.
DU DA...
TRÄGST DU SCHULD DARAN ?
SCILLA! WO BIST DU HIN ?
HILF MIR!
1

WARTET NOCH.
INDIGO UND YELLOWSAM SIND NOCH DA UNTEN.
EINE SEKUNDE...
JETZT!
BOUM
BUDDABUDDABUDDA
BLAM
BLAMM!
CRAC
CRAC
BLAMBLAMBLAMBLAM
BOOM
BLAM
BLAM
BUDBU
BUDBUDBUDBU
CRAX
CRAC
BOUM
BOUFF
CRAXX
BLAM
BLAM
CRAC
CRAC
IHR WISST NICHT, WIE ES IST.
WENN DAS FEUER IN EUCH BRENNT. UM EUCH. ES BRENNT ÜBERALL.
WENN IHR EUCH UM ALLES IN DER HÖLLE WÜNSCHT, EIN EINZIGES MAL GOTT ENTGEGENTRETEN ZU DÜRFEN...
... IHN ZU STRAFEN FÜR DAS, WAS ER TUT...
HABT IHR IHN?
ABER DAS IST NICHT...
... ABER...
STOP!
FEUER EINSTELLEN!
ER IST NICHT TOT.
ER LEBT.

IHN ZU DEMÜTIGEN...
... DAS IST MEIN LETZTER WILLE... - MEIN EINZIGER!
DENN TÖTEN KANNST DU GOTT NICHT...
ICH HABE ES VERSUCHT.
ABER ER WOHNT IN ZU VIELEN HERZEN.
DENNOCH...
DENNOCH...
HAAAAA
IN MIR ERWACHT DER ZORN...
DER DRANG!

YELLOWSAM!
WARTE GEFÄLLIGST...
... UND ABMARSCH!
AB DURCH DIE MITTE, BEVOR...
YES, SIR!
SUNSIT-CITY! GIB DIR DIE EWIGE STADT!
ACHTE NICHT AUF DAS WEISSE LEICHENTUCH... PINKEL DEINEN NAMEN IN DEN SCHNEE, SCHMEISS IRGENDWAS IN EINE FENSTERSCHEIBE...
VERPISS DICH IN EINEN DUNKLEN WINKEL... SO WIE ES KRANKE TIERE TUN.
DENK AN WAS SCHÖNES. AN EINEN LEICHTEN TOD. AN EINE QUIZSHOW.
UND AUS GESTANK UND FINSTERNIS ERKLINGT DIE MASTERFRAGE.
DAS WAR DER IRRSTE BLICK, DEN ICH JEMALS GESEHEN HAB...
ICH SAG'S DIR, BÜFFEL, DIESER VERFLUCHTE DÄMON HAT'S AUF MICH ABGESEHEN...
AUF DICH KLEINEN STINKER?
LÄCHERLICH! FAST MACHINE IST NICHT DER TYP FÜR KLEINIGKEITEN...
KLEINIGKEITEN?
FAST MACHINE WAR EIN MASSENMÖRDER, BEVOR ER IN DIE HÖLLE KAM! DU KANNST DIR GAR NICHT VORSTELLEN, WIE ÄRGERLICH DER KERL IST....
PFF... DU DENN?

WAS... WAS MACHT ER?
ICH GLAUBE...
... ER HAT IRGENDWAS VOR!
ABER WAS?
MITKOMMEN!
HÖR ZU, SCILLA, DU WEISST WIE GEFÄHR-LICH...
WIR SEHEN ZUMINDEST NACH!
IRGENDWO HIER.
FAST MACHINE MUSS IN DIESE RICHTUNG VERSCHWUNDEN SEIN.
NEIN...!
ICH HABE ES JA GESAGT.
FAST MACHINE HAT IRGENDWAS VOR.
SIE HABEN SICH NOCH GEWEHRT.
JA.
ABER ES HAT IHNEN NICHTS GENÜTZT.
FAST MACHINE IST JETZT IRGENDWO DA DRAUSSEN.
ICH MACHE MIR KEINE SORGEN, OB WIR IHN WIEDERFINDEN...
ABER WENN WIR IHN HABEN...
... WAS DANN?

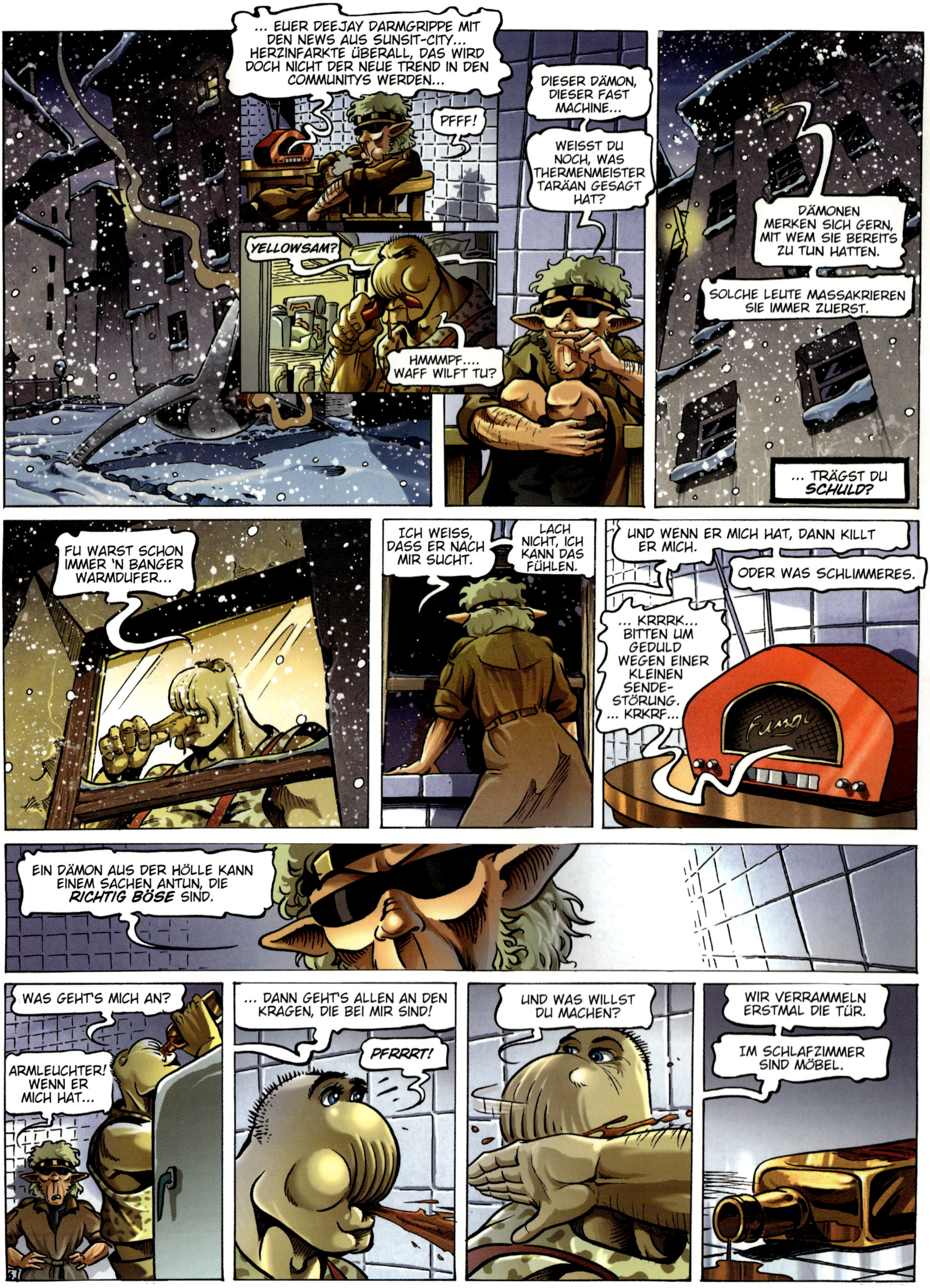
... EUER DEEJAY DARMGRIPPE MIT DEN NEWS AUS SUNSIT-CITY... HERZINFARKTE ÜBERALL, DAS WIRD DOCH NICHT DER NEUE TREND IN DEN COMMUNITYS WERDEN...
PFFF!
YELLOWSAM?
HMMMPF.... WAFF WILFT TU?
DIESER DÄMON, DIESER FAST MACHINE...
WEISST DU NOCH, WAS THERMENMEISTER TARÄAN GESAGT HAT?
DÄMONEN MERKEN SICH GERN, MIT WEM SIE BEREITS ZU TUN HATTEN.
SOLCHE LEUTE MASSAKRIEREN SIE IMMER ZUERST.
... TRÄGST DU SCHULD?
FU WARST SCHON IMMER 'N BANGER WARMDUFER...
ICH WEISS, DASS ER NACH MIR SUCHT.
LACH NICHT, ICH KANN DAS FÜHLEN.
UND WENN ER MICH HAT, DANN KILLT ER MICH.
ODER WAS SCHLIMMERES.
... KRRRK... BITTEN UM GEDULD WEGEN EINER KLEINEN SENDE-STÖRUNG. ... KRKRF...
EIN DÄMON AUS DER HÖLLE KANN EINEM SACHEN ANTUN, DIE RICHTIG BÖSE SIND.
WAS GEHT'S MICH AN?
ARMLEUCHTER! WENN ER MICH HAT...
... DANN GEHT'S ALLEN AN DEN KRAGEN, DIE BEI MIR SIND!
PFRRRT!
UND WAS WILLST DU MACHEN?
WIR VERRAMMELN ERSTMAL DIE TÜR.
IM SCHLAFZIMMER SIND MÖBEL.

WÄR'S NICHT BESSER, WIR WÜRDEN UNS ANDERSWO VERSTECKEN?
KREEEE
DAS IST 'NE ART MAGIE, VERSTEHST DU? FAST MACHINE KOMMT AUS DEM ERSTEN VORHOF DER HÖLLE...
... DER FINDET UNS.
... HAHAHA... UND DA SIND WIR SCHON WIEDER AUF SENDUNG, MIT EUREM DEEJAY DARMGRIPPE, DIE NEUESTEN NACHRICHTEN AUS HERZINFARKT-CITY...
... KREPIEREN WIE DIE FLIEGEN, IRGENDWAS LIEGT IN DER LUFT, LUFT, LUFT, EIN GANZ BESONDERER DUFT, DUFT, DUFT! - HAHA, SCHLUSS MIT DER BEGRÄBNISSTIMMUNG, WER DIESEN EVERGREEN ERKENNT, RUFT IM SENDER AN UNTER DER NUMMER... NANU, WO IST DENN JETZT MEIN ZETTEL...?
SO! JETZT KANN ER KOMMEN...
ÄHHH... VERSUCH MAL, DICH NICHT SO DOLL ZU ERSCHRECKEN, INDIGO...
BOAAHH, EY...!
NEIN...
7

ICH FASSE MAL ZUSAMMEN: WIR SIND SO GUT WIE AM ENDE.
DER DÄMON FAST MACHINE WURDE AUS DEM **ERSTEN VORHOF DER HÖLLE** VON VERBRECHERN BEFREIT.
DIE LEUTE VOM SYNDIKAT SIND TOT. ABER FAST MACHINE IST ENTKOMMEN UND IN FREIHEIT.
IRGENDWELCHE EINWÄNDE GEGEN MEINE ANALYSE, THERMENMEISTER?
PRINZIPIELL NICHT. GENAU BETRACHTET, HANDELT ES SICH JEDOCH UM **DREI** PROBLEME.
NUMMER EINS IST FAST MACHINE SELBST...
DIESER DÄMON IST UNTER NORMALEN UMSTÄNDEN UNVERWUNDBAR. SEINE KRÄFTE SIND ZWEIFELLOS SO GROSS, DASS ER SUNSIT-CITY KOMPLETT ENTVÖLKERN KÖNNTE.
WENN ER DAS ÜBERHAUPT **WILL**.
GEHEN WIR DAVON AUS.
KRSS
ER WAR SO LANGE IM HÖLLENFEUER... FAST MACHINE IST NEGATIVER ALS DER DUNKELSTE GEDANKE!
WIR MÜSSEN IHN AUF EIN **GEWEIHTES KREUZ** SCHLAGEN. GESCHÖPFE AUS DEM VORHOF DER HÖLLE VERTRAGEN KEINE KREUZE.
UND WIR MÜSSEN IHN IN EINEM **EISBLOCK** EINFRIEREN. DANN VERGEHT FÜR IHN KEINE ZEIT.
ABER WIR HABEN KEIN GEWEIHTES KREUZ...
UND WARUM SOLLTE ER SICH FREIWILLIG IN EINEN GEFRIERSCHRANK LEGEN?
SINNLOSES GEREDE, THERMENMEISTER!
SO SIND NUN MAL DIE REALITÄTEN...

MEISTER! ZEIT FÜR EURE ERFRISCHUNG ...
AHH... ICH WARTE SCHON.
PROBLEM NUMMER ZWEI: FÜR DAS ENTKOMMEN DES DÄMONS WURDE EIN TOR GEÖFFNET. ES HANDELT SICH UM EIN TOR IN DEN ERSTEN VORHOF DER HÖLLE.
DIE HÖLLE WIRD VON DEM JAHWE-GOTT, DER SICH DIE MENSCHENWELTEN UND EINIGE ANDERE UNTERTAN GEMACHT HAT, ALS EINE ART KERKER BENUTZT.
PLIC
DER ALLMÄCHTIGE, DER MENSCHENVERWALTER... ER HAT VIELE FEINDE. SEINE HÖLLE IST MIT KREATUREN WOHLGEFÜLLT...
UND NOCH IST DAS HÖLLENTOR VON SUNSIT-CITY OFFEN. WIR KÖNNEN ES NICHT SCHLIESSEN, SOLANGE FAST MACHINE IM DIESSEITS AM LEBEN IST.
ERST WENN...
AAAAHHHHH.
ERST...
... WENN...
GOTT WEISS, DASS WIR DIE KREATUREN AUS DEM ERSTEN VORHOF NICHT BÄNDIGEN KÖNNEN.
ER WIRD UNS EINEN ENGEL NACH SUNSIT SENDEN.
EINEN EMISSÄR AUS DEM SÜDLICHEN ORION-ARM DER MILCHSTRASSE, DER DAS TOR SCHLIESSEN UND FAST MACHINE TÖTEN SOLL.
VON UNSEREM PLANETEN BLEIBT DANN NICHTS MEHR ÜBRIG.
EIN ENGEL INTERESSIERT SICH NICHT FÜR DEN SÜNDENPFUHL SUNSIT. WIR SIND NICHT DAS, WAS EIN ENGEL UNTER 'REIN' VERSTEHT...
THERMENMEISTER!
DAS HÖLLENTOR... DER MAGISCHE RIEGEL BRICHT!
PERFORIERUNG STEHT BEVOR!!!
PROBLEM NUMMER DREI.
DA IST ES SCHON.

MANCHER WÜNSCHT SICH, DIES WÄRE EINE HEILIGE STADT.
WIE DIE MISSIONARE VON SUNSIT...
PREDIGER DER JAHWE-RELIGION. SONDERLINGE VON EINEM FERNEN STERN.
HEILIGE MÄNNER, DIE FREIWILLIG IM PFUHL IHR LEBEN FRISTEN...
VERSPOTTE SIE, UND SIE BELEHREN DICH. SCHLAGE SIE, UND DU TRIFFST DICH SELBST.
BESCHMUTZE IHRE ***STERNENKIRCHE***, UND SIE BELEGEN DICH MIT EINEM FLUCH, DER TAUSEND JAHRE WÄHRT...
MORGENGRAUEN. FEGEDIENST.
SIEBEN GRAD MINUS, UND PREISET DEN HERRN.
GONG GONGON
WAS...?
BRUDER JOHANN! BRUDER ZKIVVEA!

GONG
GONGONGONGO
WAS HAT DAS ZU BEDEUTEN, BRUDER VORSTEHER?
DIE **MAGISCHEN SCHIFFE** DER GESELLSCHAFTEN... SIE STARTEN
SO VIELE... ES MÜSSEN **ALLE** SEIN...
SIE HABEN ANGST. SIE FLIEHEN VOR... IRGEND ETWAS.
DIES WIRD VIELLEICHT DER **TAG DES JÜNGSTEN GERICHTS...**
WIE WIR ES IM **3. BUCH SRENAVOEL** GELESEN HABEN.
11

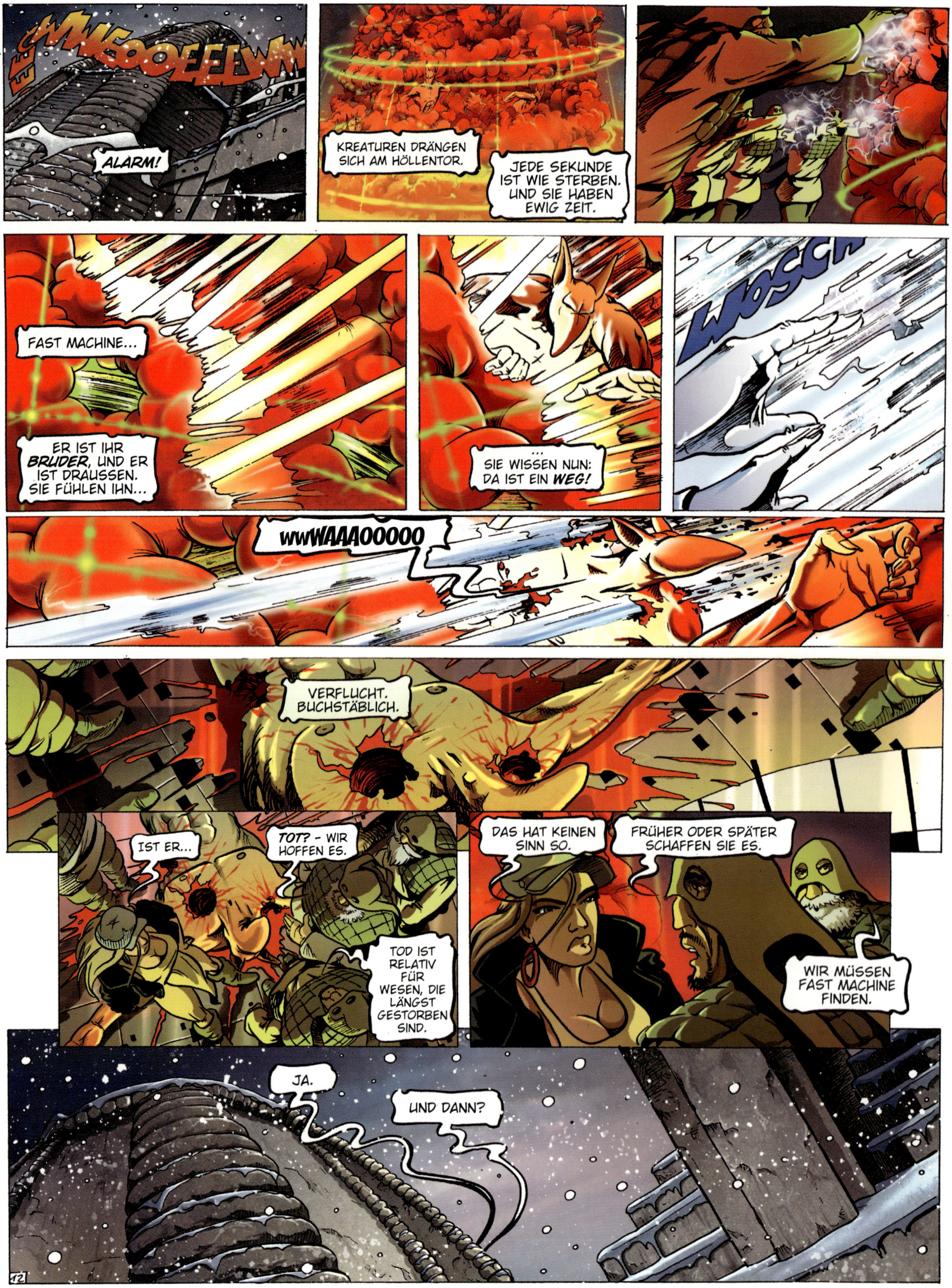
ALARM!
KREATUREN DRÄNGEN SICH AM HÖLLENTOR.
JEDE SEKUNDE IST WIE STERBEN. UND SIE HABEN EWIG ZEIT.
FAST MACHINE...
ER IST IHR BRUDER, UND ER IST DRAUSSEN. SIE FÜHLEN IHN...
... SIE WISSEN NUN: DA IST EIN WEG!
wwWAAAOOOOO
VERFLUCHT. BUCHSTÄBLICH.
IST ER...
TOT? - WIR HOFFEN ES.
TOD IST RELATIV FÜR WESEN, DIE LÄNGST GESTORBEN SIND.
DAS HAT KEINEN SINN SO.
FRÜHER ODER SPÄTER SCHAFFEN SIE ES.
WIR MÜSSEN FAST MACHINE FINDEN.
JA.
UND DANN?
12

DA WAREN ALSO LEUTE VOM SYNDIKAT, DIE HABEN DIESES HÖLLENTOR GEÖFFNET.
IHR ANFÜHRER WAR PROCKER.
SIE HABEN FAST MACHINE HERAUSGEHOLT UND AUF EIN GEWEIHTES KREUZ GENAGELT.
FÜR FÜNFZIG MILLIONEN CREDITS. SOVIEL WISSEN WIR.
WOHER KAM DAS GEWEIHTE KREUZ?
PFF! - HEISS!
AUS DER CATHEDRALE DER HEILIGEN VIELFALT.
LIEGT IN DER OSTSTADT VON SUNSIT-CITY.
SERVIETTE?
UND WENN WIR DA EIN ZWEITES WEIHKREUZ BESORGEN?
DAS HABEN WIR ALS ERSTES VERSUCHT. ABER DER VORSTEHER DER KIRCHE SAGT, SIE HATTEN NUR DAS EINE.
EIN PAAR WOCHEN NOCH, DANN BRINGT EIN STERNENSCHIFF ERSATZ VON TERRA...
DANKE.
WIR KÖNNEN NICHT EIN PAAR WOCHEN WARTEN.
IRGENDWAS HEILIGES MUSS ES IN DIESER CATHEDRALE GEBEN. WAS WIR GEGEN FAST MACHINE EINSETZEN KÖNNEN.
WAS IST MIT DEM EIS?
WIR MÜSSEN IHN ZUSÄTZLICH TIEFKÜHLEN, SELBST WENN WIR EIN GEWEIHTES KREUZ HÄTTEN...
VERGISS DAS EIS.
ICH GARANTIERE DIR, THERMENMEISTER, DASS ICH DIE HÄNDE NICHT IN DEN SCHOSS LEGE!
ICH SEH' MIR JETZT DIESE CATHEDRALE AN.
WAS SOLL DAS?
DÄMONEN VERFOLGEN IMMER DAS, WAS SIE BEIM ERWACHEN SEHEN... KENNEN WIR SCHON.
DAS BEDEUTET...
... ER IST HINTER INDIGO HER! HAB ICH RECHT?
INDIGO? INDIGO, KOMMEN!
INDIGO!
SPOTZ KRKK
KEINE VERBINDUNG. SELTSAM.

LAYMAN
HAB ICH DIR NICHT GESAGT, ZIEH DIE VORHÄNGE ZU, YELLOWSAM?
ICH...
... HAB NICHT DRAN GEDACHT!
ICH SAG'S DIR NOCHMAL, BÜFFEL...
ZIEH DIE VORHÄNGE ZU!
BESCHEUERT ODER WAS?
WAAAH!
HAST DU DIE TÜR ZUGEMACHT, YELLOWSAM?
BESCHEUERT ODER WAS?

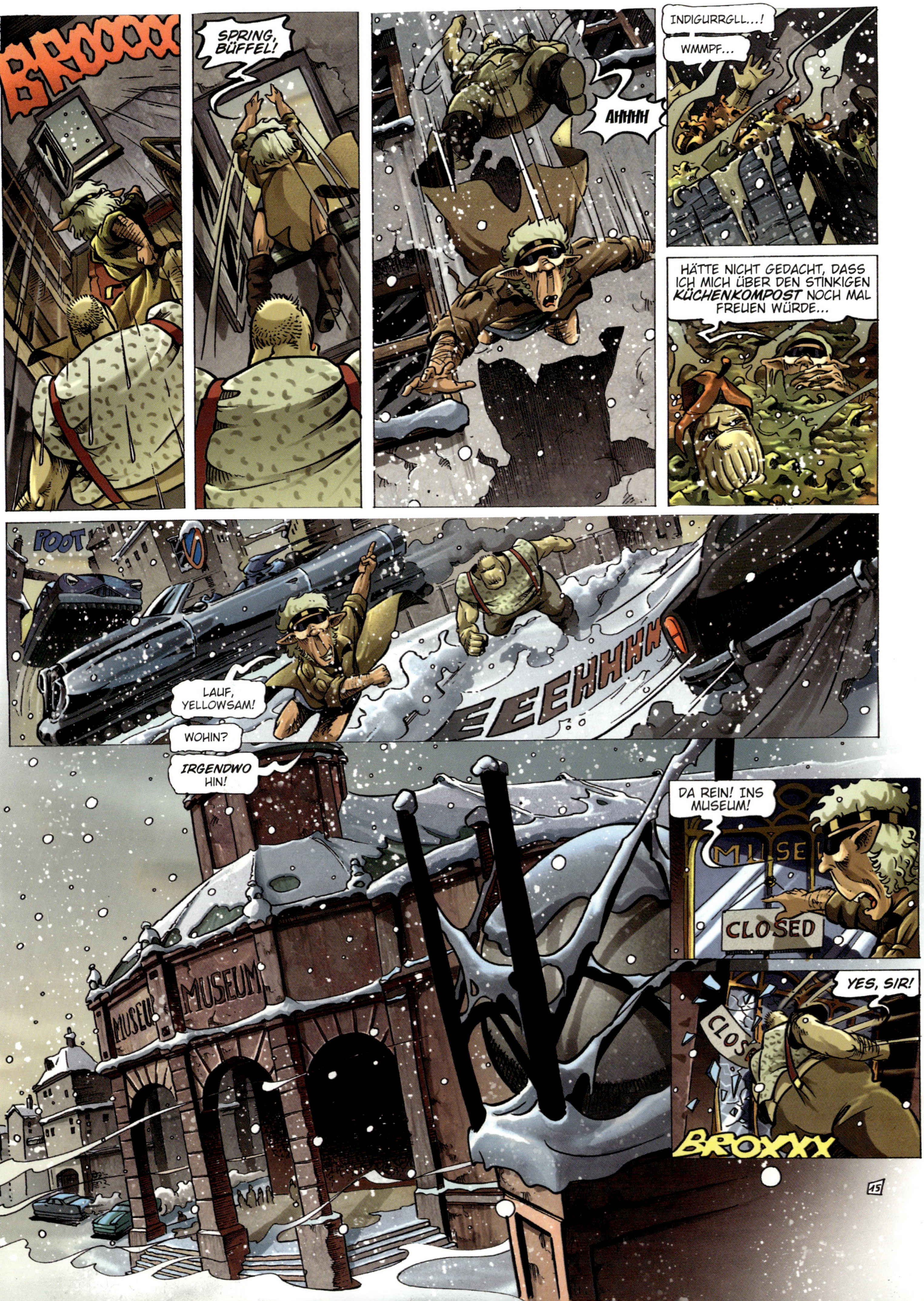

BROOOOO
SPRING, BÜFFEL!
AHHHH
INDIGURRGLL...!
WMMPF...
HÄTTE NICHT GEDACHT, DASS ICH MICH ÜBER DEN STINKIGEN KÜCHENKOMPOST NOCH MAL FREUEN WÜRDE...
POOT
EEEHHHHH
LAUF, YELLOWSAM!
WOHIN?
IRGENDWO HIN!
DA REIN! INS MUSEUM!
CLOSED
MUSEUM
YES, SIR!
BROXXX

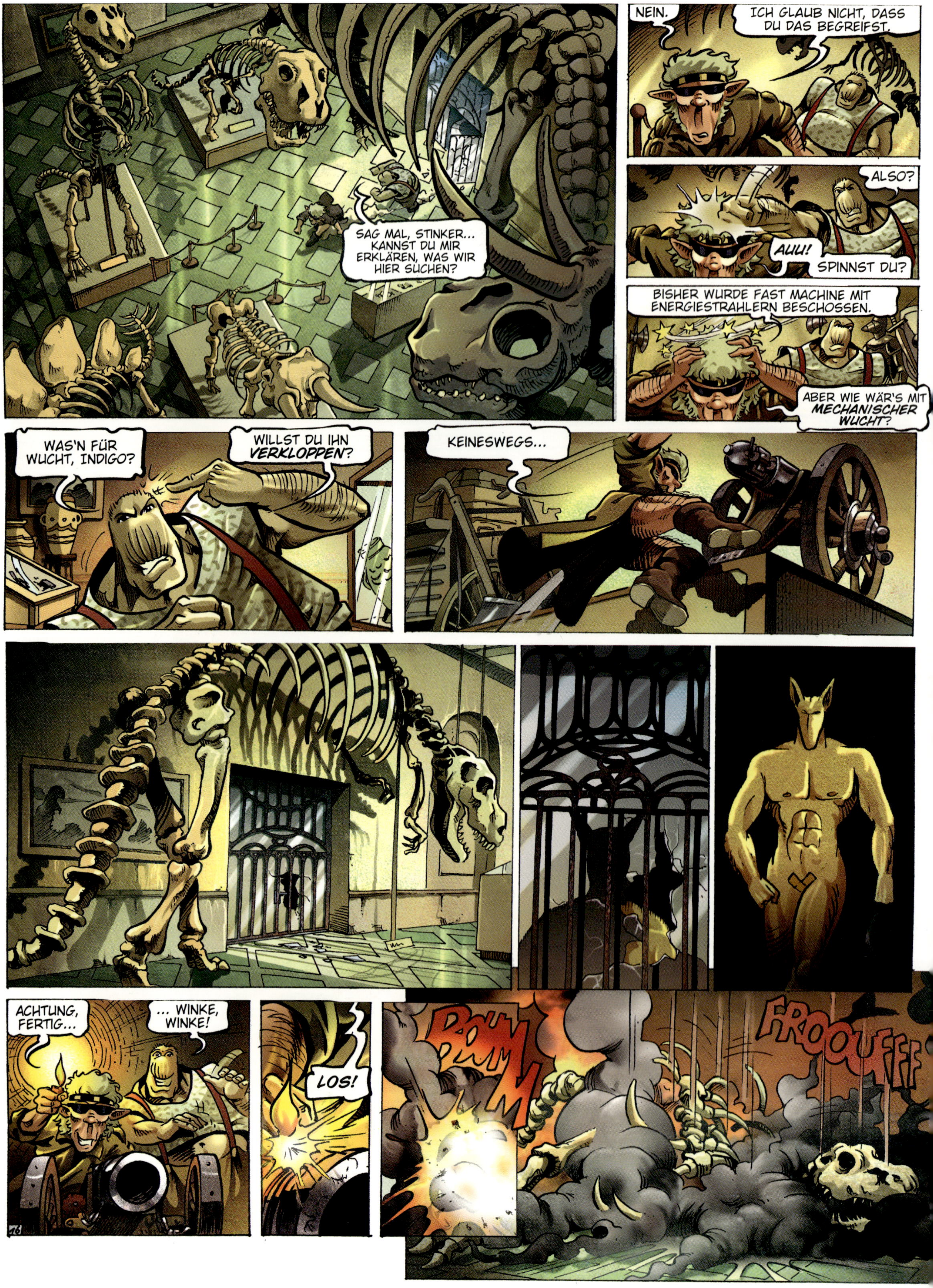

SAG MAL, STINKER... KANNST DU MIR ERKLÄREN, WAS WIR HIER SUCHEN?
NEIN.
ICH GLAUB NICHT, DASS DU DAS BEGREIFST.
ALSO?
AUU!
SPINNST DU?
BISHER WURDE FAST MACHINE MIT ENERGIESTRAHLERN BESCHOSSEN.
ABER WIE WÄR'S MIT *MECHANISCHER WUCHT*?
WAS'N FÜR WUCHT, INDIGO?
WILLST DU IHN *VERKLOPPEN*?
KEINESWEGS...
ACHTUNG, FERTIG...
... WINKE, WINKE!
LOS!
BOUMM
FROOUFFF

UIII...!
DOLLER ALS ICH DACHTE...
RMPLLL
KACKE!
YEP!
UAAAHH!
DA, INDIGO!
BIST DU JETZT VÖLLIG BESCHEUERT?
NEE, DAS WAR MAL IN MODE!
DIE FUNZEN KLASSE!
KRRKKKK
IN DEN LIFT!
FAST MACHINE IST ZU GROSS FÜR DEN AUFZUG!

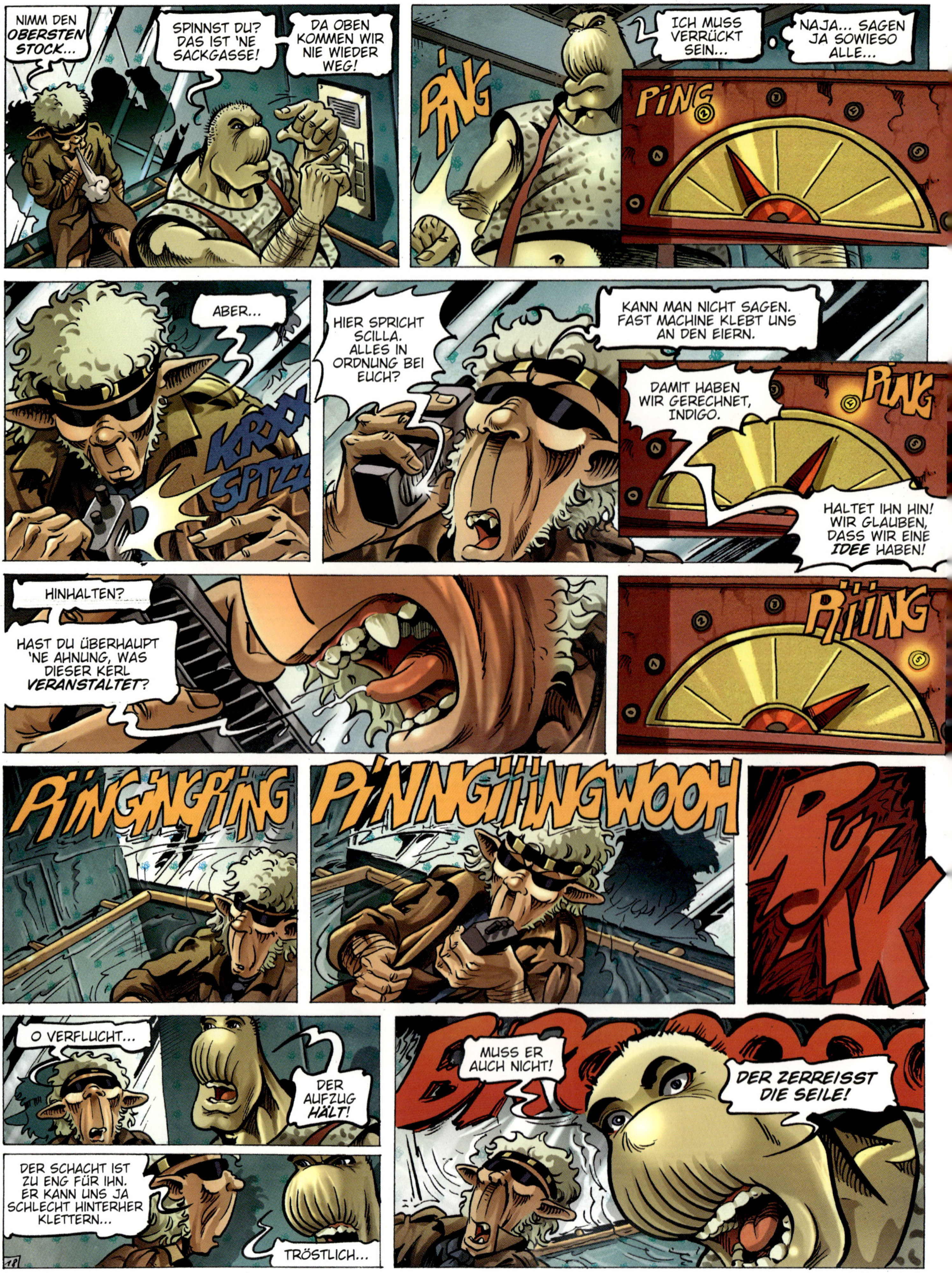
NIMM DEN OBERSTEN STOCK...
SPINNST DU? DAS IST 'NE SACKGASSE!
DA OBEN KOMMEN WIR NIE WIEDER WEG!
PING
ICH MUSS VERRÜCKT SEIN...
NAJA... SAGEN JA SOWIESO ALLE...
PING
ABER...
KRXX SPTZZ
HIER SPRICHT SCILLA. ALLES IN ORDNUNG BEI EUCH?
KANN MAN NICHT SAGEN. FAST MACHINE KLEBT UNS AN DEN EIERN.
DAMIT HABEN WIR GERECHNET, INDIGO.
PING
HALTET IHN HIN! WIR GLAUBEN, DASS WIR EINE IDEE HABEN!
HINHALTEN?
HAST DU ÜBERHAUPT 'NE AHNUNG, WAS DIESER KERL VERANSTALTET?
PIIING
PINGINGRING
PINNGIIINGWOOH
RUCK
O VERFLUCHT...
DER AUFZUG HÄLT!
DER SCHACHT IST ZU ENG FÜR IHN. ER KANN UNS JA SCHLECHT HINTERHER KLETTERN...
TRÖSTLICH...
MUSS ER AUCH NICHT!
DER ZERREISST DIE SEILE!

BROOO
BROOOO
BRO
CLANG
ZIEH DEN BAUCH EIN, BÜFFEL...
... DENK AN WAS SCHÖNES...
SCHWEINE-BRATEN...
... SOLANGE ES NICHT DICK MACHT!
YES, SIR!
PLOP
RACK
ZIP
DAS KANN NICHT...
CRASH

PING PING
ALLES KLAR, BÜFFEL?
HALT BLOSS DIE SCHNAUZE...
HOPP!
WIR MÜSSEN WAS TUN, WAS IHN ÜBERRASCHT...
ABER WAS?
YELLOWSAM! MACH DIE TÜR ZU!
SLAMMM
RECHT SO, HERR INDIGO?
BROOOOO
WAS *TUT* DIESER KERL?
GEHT ER DURCH DIE WÄNDE...?
DAXX
VERDAMMT, KLUGSCHEISSER, DAS IST VIEL ZU NAH...
DURCH DAS FENSTER, YELLOWSAM!
SPINNST DU? WIR SIND IM SECHSTEN STOCK!

DURCH DAS FENSTER, YELLOWSAM!
VERTRAU MIR!
DANN SPRING DU ZUERST!
AAAAAAHH!
21

SPLOFF
SPLOTSCH
WOOOAH!
IST JA LAUSIG KALT!
LOGISCH...
WIR HABEN **WINTER!**
WOHER WUSSTEST DU, DASS DER KANAL NICHT GEFROREN IST?
ABWASSER AUS DER THERMO-KLÄRANLAGE...
GLAUB ICH JEDENFALLS, BÜFFEL...
HE!
DA PLANTSCHEN WELCHE!
WROPOPOP
GIFTFABRIK?
NA JA, ICH DACHTE EBEN...
SPINNT IHR?
WAS SCHWIMMT IHR IM ABWASSER-GRABEN DER **GIFTFABRIK?**
HOPP!
HNNGG
FESTHALTEN!
JETZT GIBT'S **STOFF!**

WROOOOO
WAS SOLL DAS BEDEUTEN?
WROOO
GEHT DAS AUCH SCHNELLER?
SIEHST DU, MEISTER?
SPLOOTSCH
WAS... WAS IST DAS?
GEHT DAS AUCH SCHNELLER?
WROOOO
MAL 'NE FRAGE NEBENBEI...
WIE WEIT REICHT EIGENTLICH EUER SPRIT?
23

FEGEDIENST.
FÜNF GRAD MINUS, UND PREISET DEN HERRN...
WIR ERWARTEN TAUWETTER!
BRUDER ZKIVVEA!
WAS?
SIEH!
KÖNNEN WIR ETWAS FÜR DEIN SEELENHEIL TUN, FREMDE?
DIE PROPHEZEIUNGEN HABEN BEGONNEN, DAS 3. BUCH SRENAVOÉL.
DIR BLEIBT VIELLEICHT NICHT MEHR VIEL ZEIT...
EINEN WUNDERSCHÖNEN KIRCHPLATZ HABT IHR HIER...
WUNDERBAR GEPFLEGT...
GONGO
GONGON
ICH KOMME AUS DEM THERMENHAUS DER ZAUBERER...
ICH HABE MIT EUREM BRUDER VORSTEHER ZU REDEN.

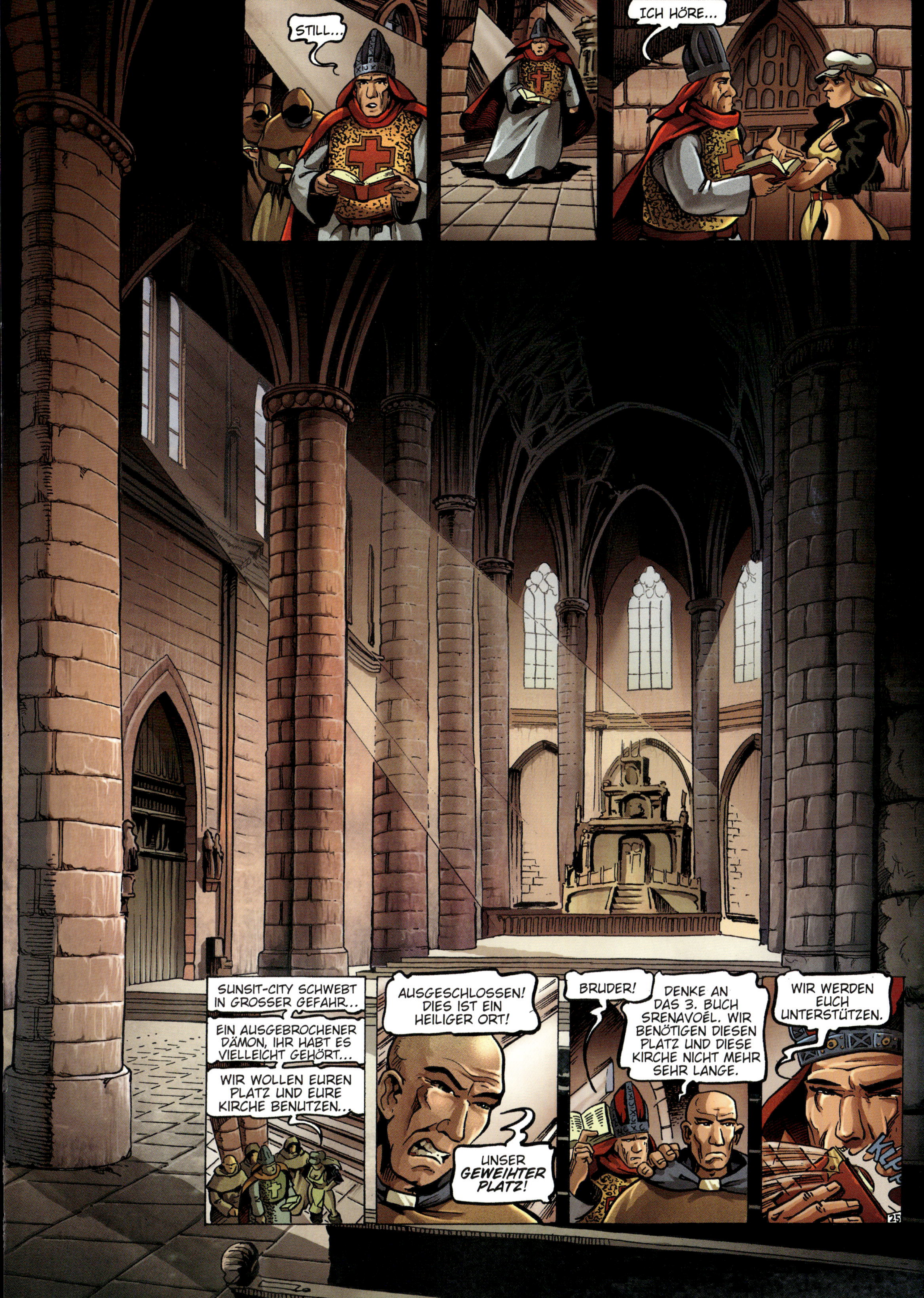
STILL...
ICH HÖRE...
SUNSIT-CITY SCHWEBT IN GROSSER GEFAHR...
EIN AUSGEBROCHENER DÄMON, IHR HABT ES VIELLEICHT GEHÖRT...
WIR WOLLEN EUREN PLATZ UND EURE KIRCHE BENUTZEN...
AUSGESCHLOSSEN! DIES IST EIN HEILIGER ORT!
UNSER GEWEIHTER PLATZ!
BRUDER!
DENKE AN DAS 3. BUCH SRENAVOËL. WIR BENÖTIGEN DIESEN PLATZ UND DIESE KIRCHE NICHT MEHR SEHR LANGE.
WIR WERDEN EUCH UNTERSTÜTZEN.

YELLOWSAM...
WAS IST EIGENTLICH MIT UNSEREN FUNKGERÄTEN?
ÄHHH...
KRXXX SPTZ
... RUFT INDIGO? - HÖRT IHR MICH? SCILLA RUFT...
DAS TEMPO HÄLT ER NICHT LANGE DURCH.
WROOOOOOO
ER HAT KEINEN MOTOR. FAST MACHINE HAT NUR SEINE ARME.
WAS WILL SIE?
SCILLA MEINT... NA JA, WIR SOLLEN IN DIE OSTSTADT KOMMEN.
SIE SAGT, IM BOULEVARD FORMOS BEFINDET SICH DIE STERNENKIRCHE DER HEILIGEN VIELFALT...
WAS SOLLEN WIR DA?
HAT SIE NICHT GESAGT...
DANN FRAG SIE, BÜFFEL!!
FUNZT NICHT MEHR...
WASSERSCHADEN...
DER MOTOR GEHT AUS!
TUCK TUCK TUCK TUCK...

SCHNELLER...!
27

ER KOMMT!
WEG! WEG!
BÜFFEL!
HIER LANG!
DA!
ZUM STEG!
NA LOS, BÜFFEL!
KRIEGST DU DAS DING IN GANG ODER NICHT?
HAST DU NE AHNUNG...
BRZZ
... WIE VIELE VON DIESEN AUTOS ICH IN MEINEM LEBEN SCHON GEKLAUT HAB?
WROOO
WROOOO
WO BLEIBT FAST MACHINE?
TROOOOOT
28
MACHOS!
VERRECKT DOCH, ROWDYS!
EUCH HOLT NOCHMAL...
... DER HERZINFARKT!

FAST MACHINE IST WEG.
ICH KANN IHN NICHT MEHR SEHEN.
WROOO
MACH DIR KEINE HOFFNUNGEN.
VIELLEICHT HAT ER ZWISCHENDURCH WAS ANDERES VOR...
HUNDERT CREDITS DARAUF, DASS ER KOMMEN WIRD, BÜFFEL...
HUNDERT CREDITS? ABER DU BIST DOCH PLEITE, INDIGO...
ACH HALT DOCH DEIN...!
ES BEREITET MIR BEINAHE FREUDE.
FAST HATTE ICH VERGESSEN, WIE ES IST.
WENN MAN DIE FURCHT WITTERN KANN. WENN DER HERZSCHLAG LAUT WIE EIN GLOCKENSCHLAG TÖNT. IN EINER STILLE, DIE MEIN IST.
WENN DU LÄUFST...
... UND LÄUFST...
... UND DENNOCH NICHT ENTKOMMEN KANNST.
LIEBER DAS GLÜCK NICHT RAUSFORDERN.
BOULEVARD FORMOS IN DER OSTSTADT, WAR'S DAS NICHT?
MAL SEHN, OB SCILLAS IDEE TAUGT...
VIELLEICHT SOLLTEN WIR DIES...
... NOCH NICHT BEENDEN.

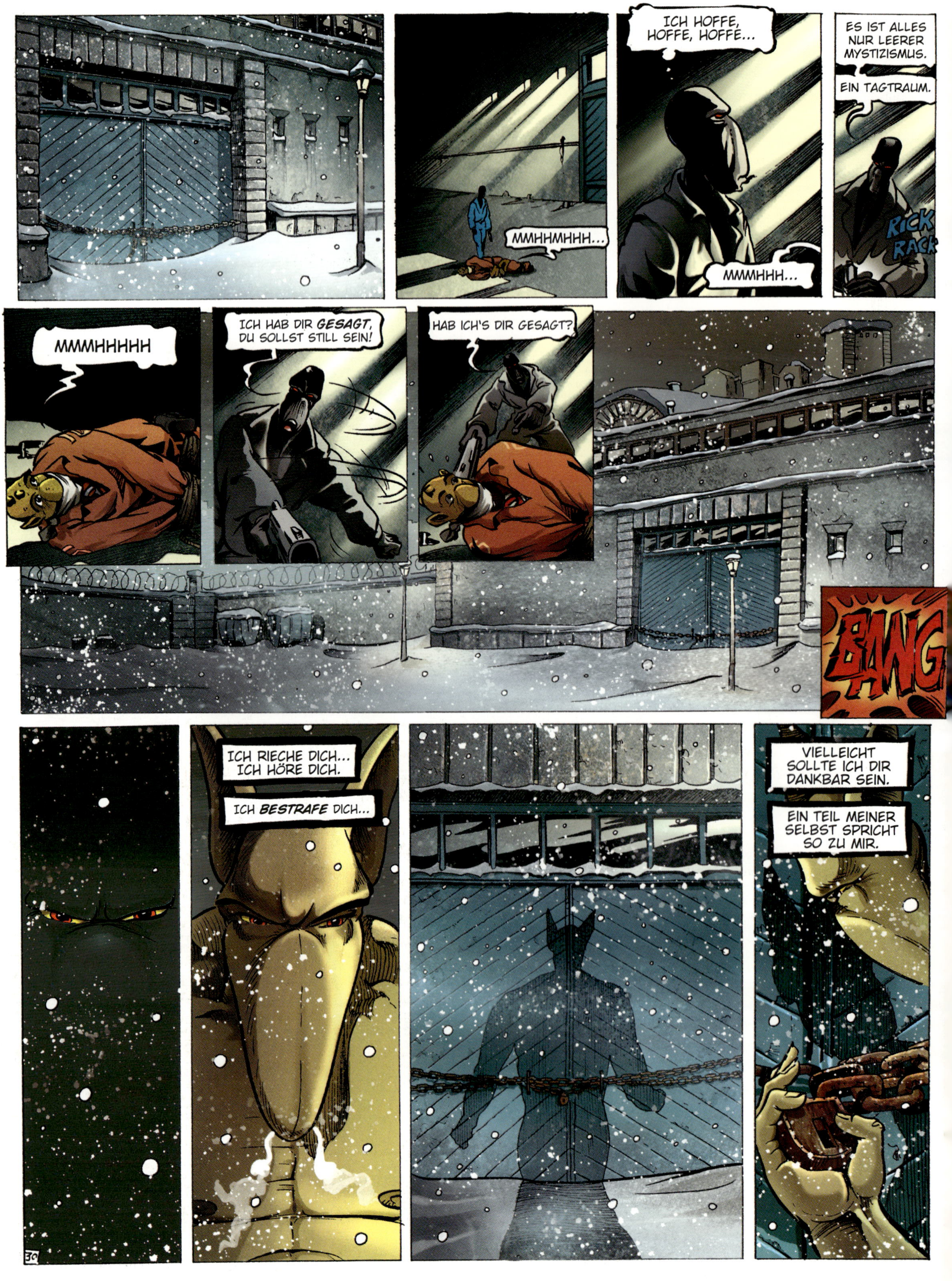
MMHHMHHH...
ICH HOFFE, HOFFE, HOFFE...
MMMHHH...
ES IST ALLES NUR LEERER MYSTIZISMUS.
EIN TAGTRAUM.
RICK RACK
MMMHHHHH
ICH HAB DIR GESAGT, DU SOLLST STILL SEIN!
HAB ICH'S DIR GESAGT?
BANG
ICH RIECHE DICH... ICH HÖRE DICH.
ICH BESTRAFE DICH...
VIELLEICHT SOLLTE ICH DIR DANKBAR SEIN.
EIN TEIL MEINER SELBST SPRICHT SO ZU MIR.

EIN TEIL, DER EIGENTLICH GESTORBEN IST...
DU BIST DER, DER MICH AUS MEINEM GEFÄNGNIS BEFREIT HAT.
DU HAST ES FÜR GELD GETAN. FÜR CREDITS.
DU BESITZT KEIN GEWISSEN. DAS GEFÄLLT MIR.
ICH WERDE DICH NICHT TÖTEN.
ICH GEBE DIR ETWAS SCHLIMMERES ALS DEN TOD.
ABER ICH...
DU BIST WIE ICH, ODER DU WIRST ES WERDEN... DU WEISST ES NUR NOCH NICHT.
ABER... GLAUB MIR, ICH DACHTE NICHT, DASS...
ICH SPRECHE EINEN FLUCH ÜBER DICH.
GOTT WIRD DICH EINES TAGES RICHTEN. GLEICH, WIE FERN DER PLANET IST, AUF DEM DU EINST DEN TOD FINDEST...
DU WIRST EWIG LEBEN, PROCKER.
EWIG.
IN DER HÖLLE.
MIT DIESEM WISSEN VERBRINGST DU NUN JEDEN TAG.

SUNSIT-CITY. GIB DIR DIE EWIGE STADT!
HÖR AUF DIE GESCHICHTEN, DIE DER WIND DIR FLÜSTERT; SCHREIB EIN GEDICHT ÜBER TOD UND UNRAT.
ACHTE NICHT AUF VERSMASS UND VERSTAND...
REIME TAUSEND STROPHEN, AN EINEM TAG OHNE ABENDROT; ABER EINE MUSS DIE LETZTE SEIN.
AM BESTEN, DU VERGISST DEN SCHWULST... HEUTE IST SUNSIT. SIEH ZU, DASS DU ZUM ENDE KOMMST.
WAS MEINST DU, STINKER...
WIRD ER WIRKLICH KOMMEN?
JA.
HAT SCILLA GEHMMPF.
LOCKVÖGEL...
NICHT DIE DA OBEN.
SONDERN WIR.
DIE WITTERN ETWAS.
ICH HABE NICHT GESCHLAFEN.
ICH HABE GELITTEN.
IHR WISST NICHT, WIE ES IST. IHR DENKT, EINER WIE ICH KENNT KEINE FURCHT.
ABER DAS IST NICHT WAHR. MAN HAT SIE MICH GELEHRT.

ICH RIECHE EUCH.
EUREN PHEROMONISCHEN HAUCH, DER MICH RASEND MACHT.
UND ICH RIECHE NOCH ETWAS ANDERES...
EINEN GESTANK.
EINEN STROM VON MOLEKÜLEN, DER MICH ZITTERN LÄSST.
DENNOCH SETZE ICH EINEN FUSS VOR DEN ANDEREN.
DA IST ER.
NERVEN BEHALTEN, BÜFFEL...
ICH WILL EUCH NICHTS ZULEIDE TUN.
ICH ZERREISSE EURE AUGEN UND EURE EINGEWEIDE... ICH BEREITE EUCH SCHMERZEN, DIE IHR NIEMALS ERTRÄUMT HABT...
ABER ICH NEHME NICHT EURE SEELEN.
GONG GONG G
SCH, SCH...
STILL!
ALLE BEREIT?
NOCH JEMAND OHNE ZAUBERSTAB?
GONG
LÄUTE, BRUDER KAI!
LÄUTE ZUM JÜNGSTEN GERICHT...!
AHEM...
BRUDER JO, ICH LÄUTE JA NICHT ZUM ERSTEN MAL...
ACHTUNG, FERTIG...

FEUER KLAR...!
VIER GRAD MINUS.
NICHT GERADE EIN GEFRIER-SCHRANK.
ABER KALT.
WAS WIR BRAUCHEN, SO DRINGEND WIE ATEMLUFT...
... EIN KREUZ...
EINE MAGISCHE GEWEIHTE KRAFT.

INDIGO...
ICH PACK'S NICHT...
... HÖRT DAS GEBET DES PROPHETEN IOSHUA: DAS VERDERBEN WIRD WANDELN DURCH EINE HIMMELSSTADT, DIE VERDORBEN IST...
EIN ENGEL WIRD HERABSTEIGEN AUS EINEM STERN, EIN RÄCHER WIRD LÖSCHEN DIE UNREINHEIT AUS UNSEREN HERZEN, WIRD TILGEN DAS UNRECHT AUS UNSEREN GEDANKEN...
... WIRD EBNEN DIE HIMMELSSTADT UND TÖTEN DAS LEBEN, DAS ZU EXISTIEREN KEIN RECHT BESITZT...
... DAS MEINEM VOLK DIE LUFT ZUM ATMEN NIMMT UND GEBETE IN HOHN VERWANDELT...
EIN ENGEL WIRD KOMMEN, EINE APOKALYPSE WIRD FALLEN ÜBER DIE HIMMELSSTADT. SO SPRICHT IOSHUA...
KOMM SCHON, SCILLA... KOMM SCHON...
FEUER!

GONGONG
DER KOPF!
ZIELT AUF SEINEN VERFLUCHTEN SCHÄDEL!
BANG
BANG
BANG
AUFPASSEN!
PASST AUF INDIGO UND DEN BÜFFEL AUF!
FUSH
FUSH
36 37

EEEEEEEEEEEE
STOP! STOP!
GONG GONG GONG

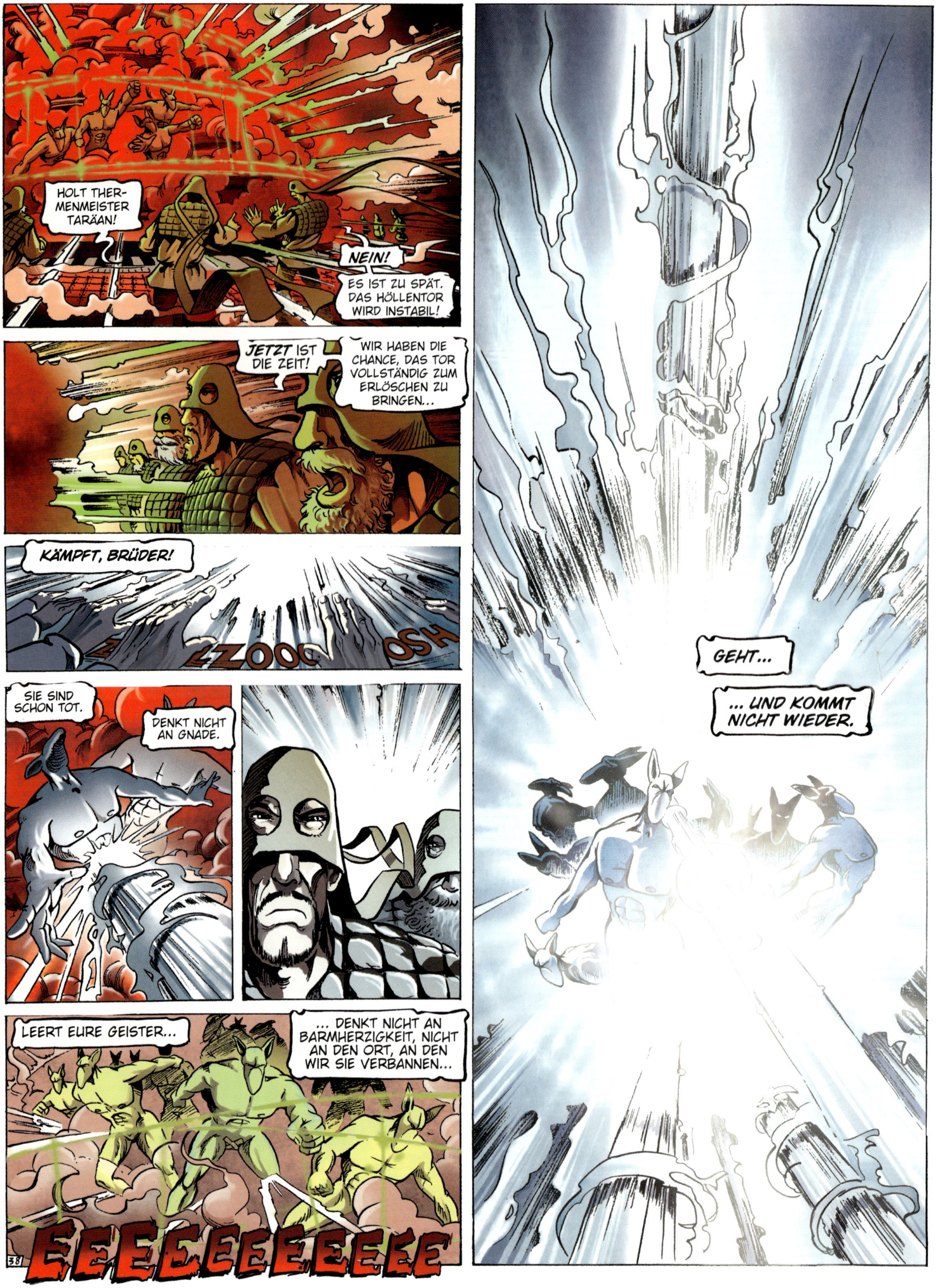
HOLT THERMENMEISTER TARÄAN!
NEIN!
ES IST ZU SPÄT. DAS HÖLLENTOR WIRD INSTABIL!
JETZT IST DIE ZEIT!
WIR HABEN DIE CHANCE, DAS TOR VOLLSTÄNDIG ZUM ERLÖSCHEN ZU BRINGEN...
KÄMPFT, BRÜDER!
ZZOOOOSH
SIE SIND SCHON TOT.
DENKT NICHT AN GNADE.
LEERT EURE GEISTER...
... DENKT NICHT AN BARMHERZIGKEIT, NICHT AN DEN ORT, AN DEN WIR SIE VERBANNEN...
EEEEEEEEEEE
38
GEHT...
... UND KOMMT NICHT WIEDER.

SIE… SIE SIND FORT, THERMEN-SCHÜLER RIOKAN…
JA.
ABER DA…
ABER DA IST…
… ABER DA IST ETWAS.
ETWAS ANDERES.
ES IST FREMD.
WIR HATTEN UNSERE CHANCE.
WIR HABEN SIE ZU SPÄT GENUTZT.
… ES IST…
… DAS ENDE.
39

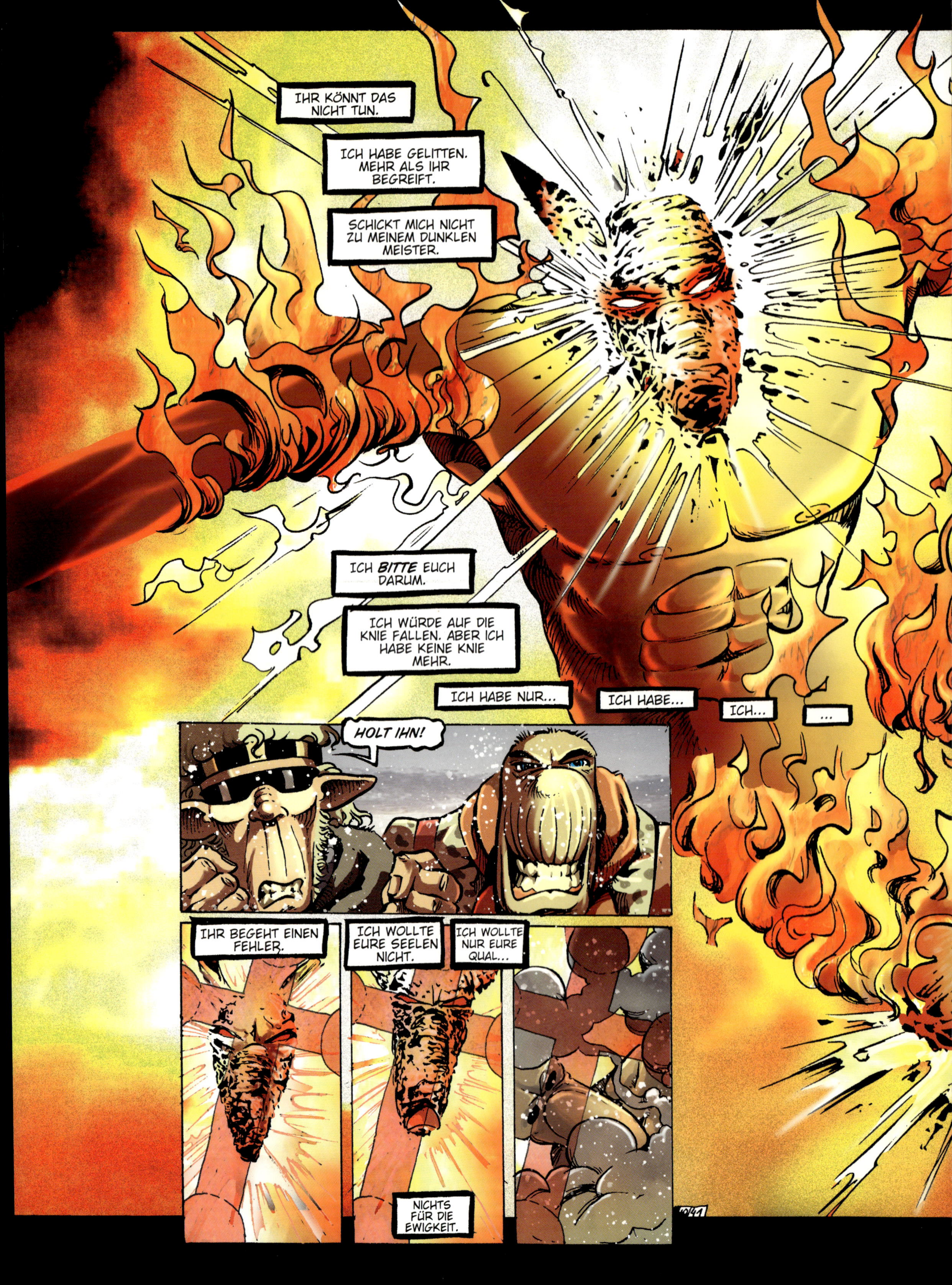

IHR KÖNNT DAS NICHT TUN.
ICH HABE GELITTEN. MEHR ALS IHR BEGREIFT.
SCHICKT MICH NICHT ZU MEINEM DUNKLEN MEISTER.
ICH *BITTE* EUCH DARUM.
ICH WÜRDE AUF DIE KNIE FALLEN. ABER ICH HABE KEINE KNIE MEHR.
ICH HABE NUR...
ICH HABE...
ICH...
...
HOLT IHN!
IHR BEGEHT EINEN FEHLER.
ICH WOLLTE EURE SEELEN NICHT.
ICH WOLLTE NUR EURE QUAL...
NICHTS FÜR DIE EWIGKEIT.

SEHT!
... ES IST HIER...
... ES IST NAHE...
TSSS
EIN ENGELSSCHIFF!

MEIN NAME IST SREMAVOËL.
ICH BIN GOTTES BOTE.
GEKOMMEN, UM DAS UNRECHT ZU TILGEN.
ZU BESTRAFEN DIE, DIE SCHULDIG SIND.
ZU BELOHNEN JENE, DIE KEINE SCHULD TRAGEN – WENN SIE VOR GOTTES PFORTE TRETEN.
DENN NIEMAND WIRD IM DIESSEITS ÜBERLEBEN.
SREMAVOËL?
THERMENMEISTER!
EIN ERZENGEL!
WIR KOMMEN ZU SPÄT!

SOLARLUX
VORSTEHER...
WIR BENÖTIGEN DEINE HILFE.
WIR WISSEN NICHT VIEL ÜBER GOTTESFÜRCHTIGES VERHALTEN.
KANNST DU... FÜR UNS **BETEN**?
NEIN!
ÄÄH...
KÖNNTEST DU'S UNS DANN NICHT AUF DIE SCHNELLE BEIBRINGEN...?

ICH BIN ERZENGEL SREMAVOËL...
UND ICH SUCHE ANTWORTEN.
WAS IST GESCHEHEN?
FAST MACHINE...ICH MEINE... WIR HABEN IHN GETÖTET.
NICHT MIT ABSICHT! WENN DAS FALSCH WAR - TSCHULDIGUNG...
EIN VERSEHEN, ECHT!
IHR KÖNNT IHN GAR NICHT TÖTEN.
NUR ZURÜCKSCHICKEN INS HÖLLENFEUER...
ICH BESTÄTIGE DIES...
WIR HABEN IHN ZURÜCKGESCHICKT...
ABER ICH FÜGE AUCH HINZU, DASS DIESE WELT EIN SÜNDENPFUHL IST...
DAS 3. BUCH IOSHUA MUSS VOLLZOGEN WERDEN.
ICH BITTE DICH DARUM, DAS URTEIL ÜBER SUNSIT-CITY ZU VOLLSTRECKEN...
WAS MEINT DIE FLACHPFEIFE, SCILLA?
ZERBRICH DIR DEN KOPF NICHT...
WER HAT DICH GEFRAGT?
UAAAHH

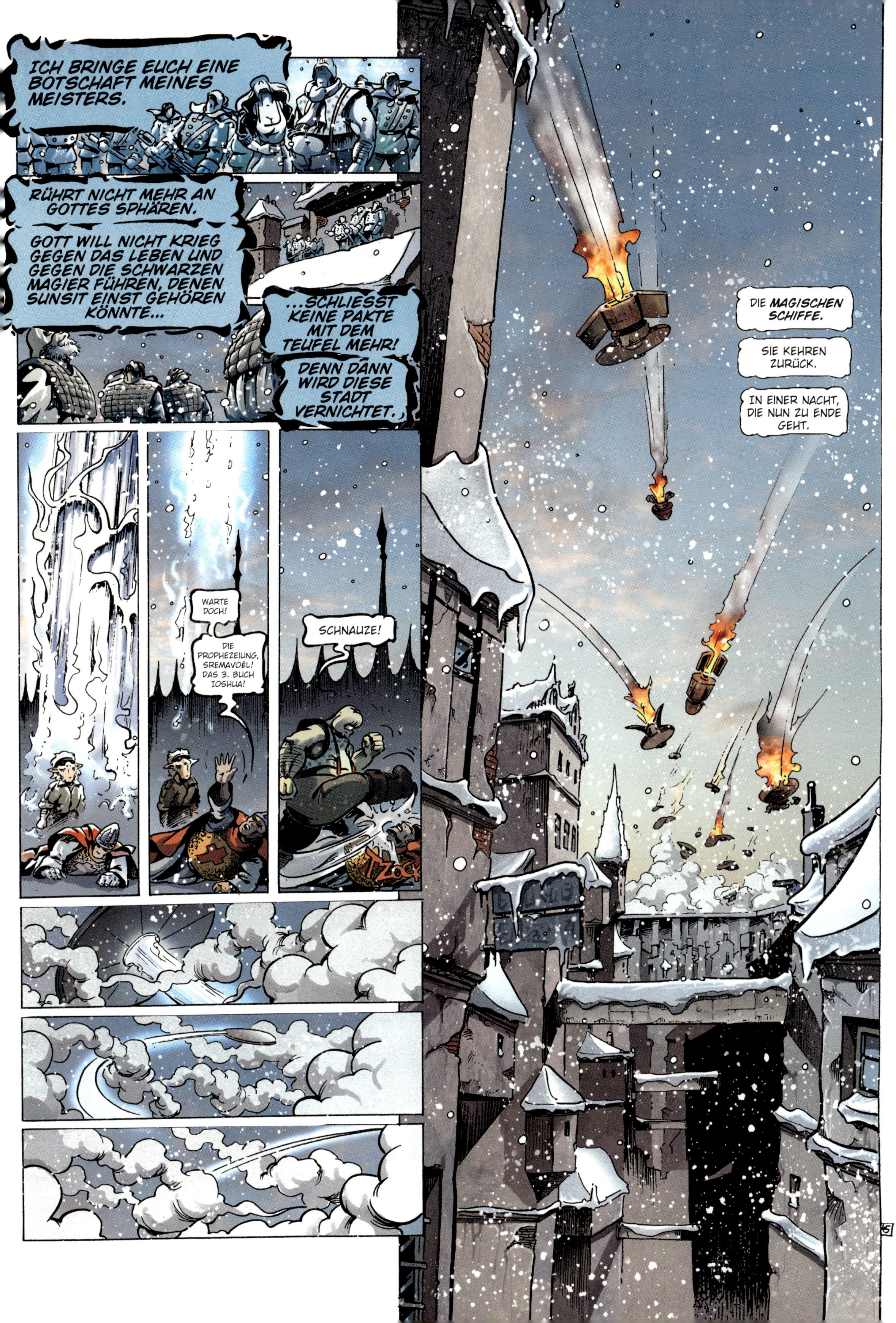
ICH BRINGE EUCH EINE BOTSCHAFT MEINES MEISTERS.
RÜHRT NICHT MEHR AN GOTTES SPHÄREN.
GOTT WILL NICHT KRIEG GEGEN DAS LEBEN UND GEGEN DIE SCHWARZEN MAGIER FÜHREN, DENEN SUNSIT EINST GEHÖREN KÖNNTE...
...SCHLIESST KEINE PAKTE MIT DEM TEUFEL MEHR!
DENN DANN WIRD DIESE STADT VERNICHTET.
WARTE DOCH!
DIE PROPHEZEIUNG, SREMAVOËL! DAS 3. BUCH IOSHUA!
SCHNAUZE!
TZOCK
DIE MAGISCHEN SCHIFFE.
SIE KEHREN ZURÜCK.
IN EINER NACHT, DIE NUN ZU ENDE GEHT.

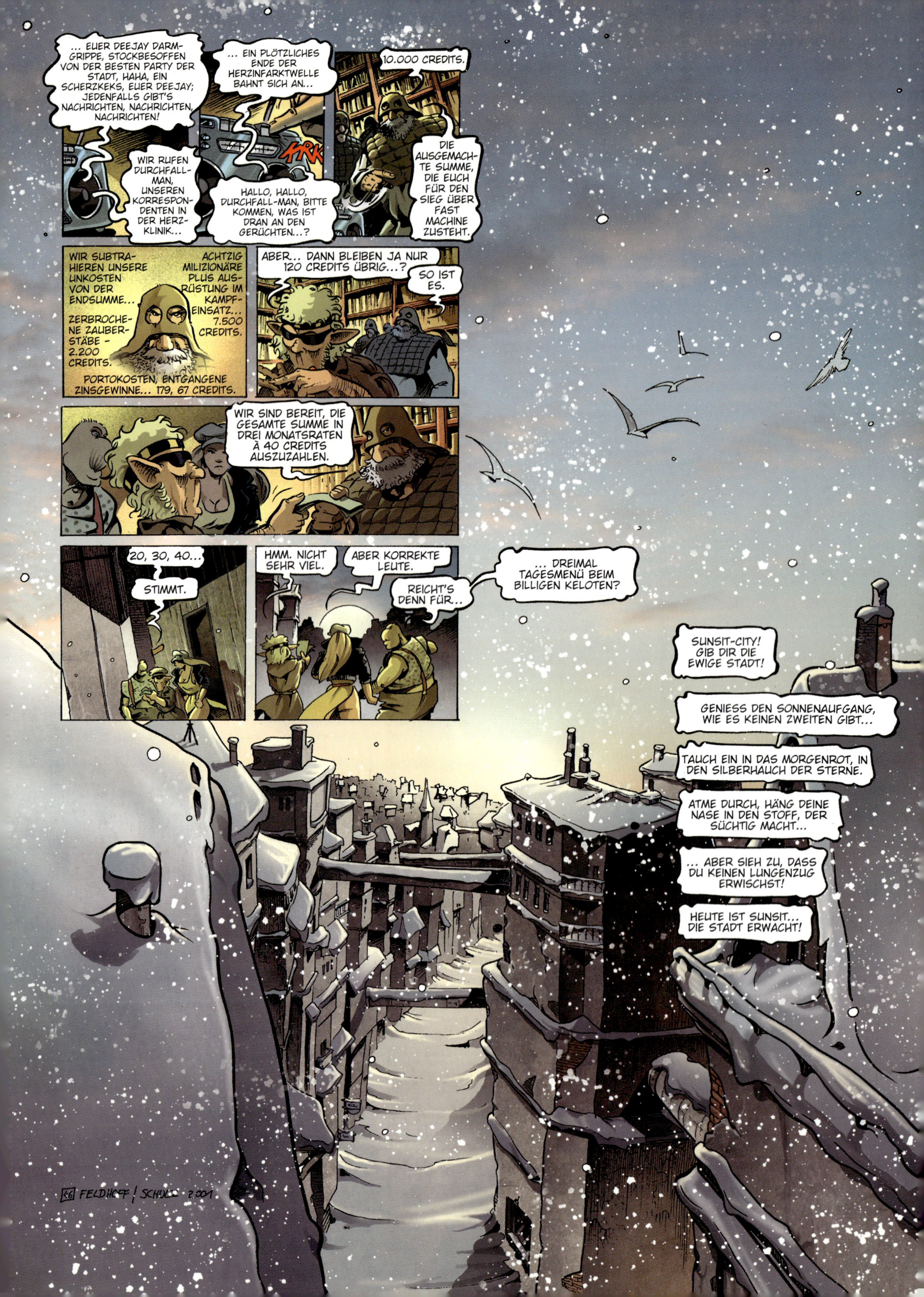
... EUER DEEJAY DARMGRIPPE, STOCKBESOFFEN VON DER BESTEN PARTY DER STADT, HAHA, EIN SCHERZKEKS, EUER DEEJAY; JEDENFALLS GIBT'S NACHRICHTEN, NACHRICHTEN, NACHRICHTEN!
WIR RUFEN DURCHFALL-MAN, UNSEREN KORRESPONDENTEN IN DER HERZ-KLINIK...
... EIN PLÖTZLICHES ENDE DER HERZINFARKTWELLE BAHNT SICH AN...
KRK
HALLO, HALLO, DURCHFALL-MAN, BITTE KOMMEN, WAS IST DRAN AN DEN GERÜCHTEN...?
10.000 CREDITS.
DIE AUSGEMACHTE SUMME, DIE EUCH FÜR DEN SIEG ÜBER FAST MACHINE ZUSTEHT.
WIR SUBTRAHIEREN UNSERE UNKOSTEN VON DER ENDSUMME...
ACHTZIG MILIZIONÄRE PLUS AUSRÜSTUNG IM KAMPFEINSATZ... 7.500 CREDITS.
ZERBROCHENE ZAUBERSTÄBE - 2.200 CREDITS.
PORTOKOSTEN, ENTGANGENE ZINSGEWINNE... 179, 67 CREDITS.
ABER... DANN BLEIBEN JA NUR 120 CREDITS ÜBRIG...?
SO IST ES.
WIR SIND BEREIT, DIE GESAMTE SUMME IN DREI MONATSRATEN À 40 CREDITS AUSZUZAHLEN.
20, 30, 40...
STIMMT.
HMM. NICHT SEHR VIEL.
ABER KORREKTE LEUTE.
REICHT'S DENN FÜR...
... DREIMAL TAGESMENÜ BEIM BILLIGEN KELOTEN?
SUNSIT-CITY! GIB DIR DIE EWIGE STADT!
GENIESS DEN SONNENAUFGANG, WIE ES KEINEN ZWEITEN GIBT...
TAUCH EIN IN DAS MORGENROT, IN DEN SILBERHAUCH DER STERNE.
ATME DURCH, HÄNG DEINE NASE IN DEN STOFF, DER SÜCHTIG MACHT...
... ABER SIEH ZU, DASS DU KEINEN LUNGENZUG ERWISCHST!
HEUTE IST SUNSIT... DIE STADT ERWACHT!